AF437337

Antonella Monaco

L'Ondoso Mare dell'Anima
O Agitado Mar da Alma

poesia

◆

EDIZIONI WE

Tradotto da Simona Adivíncula

Foto di copertina
gentilmente concessa
da Salvatore Tambato (fotografo professionista)

ISBN 979-12-5497-161-1

PRESENTAZIONE
di Simona Adivíncula
(scrittrice e co-fondatrice di Edizioni We)

Cari Lettori,
è con grande gioia che presento il libro bilingue di poesie della scrittrice e poetessa **Antonella Monaco**, intitolato ***"L'Ondoso Mare dell'Anima – O Mar Agitado da Alma"***.

Le sue parole ci invitano a riflettere sulla più grande bellezza che l'essere umano possiede, ovvero ciò che viene emanato dalla sua anima, capace di avere mille sfumature, nei momenti in cui dobbiamo guardare all'orizzonte.

Un orizzonte che ci offre una calma che ci tranquillizza internamente, specialmente quando siamo agitati.

Credo che Antonella, per il suo amore soprattutto per la danza e l'arte in generale, continui a essere presente nella vita con quel movimento affascinante che ci incanta non solo con le parole, ma anche con azioni e gesti d'amore.

È un'opera che ci invita a esplorare le profondità dell'anima, rivelando la connessione tra la bellezza interiore e la serenità che questa può offrire, qualcosa che Antonella esprime in modo unico nel suo libro.

Buona lettura a tutti!

APRESENTAÇÃO
por Simona Adivíncula
(escritora e co-fundadora da Edizioni We)

Queridos leitores,
é com grande alegria que apresento o livro bilíngue de poesias da escritora e poetisa **Antonella Monaco**, intitulado ***"L'Ondoso Mare dell'anima - O Agitado Mar da Alma"***.

Suas palavras nos convidam a refletir sobre a maior beleza que o ser humano possui, que é aquilo que emana de sua alma, capaz de ter mil nuances nos momentos em que precisamos enxergar o horizonte.

Esse horizonte nos proporciona uma calma que nos tranquiliza internamente, especialmente quando nossa alma está agitada.

Acredito que Antonella, por seu amor especialmente pela dança e pela arte em geral, continua presente na vida com esse movimento encantador que nos cativa não apenas por suas palavras, mas também por suas ações e gestos de amor.

É uma obra que nos convida a explorar as profundezas da alma, revelando a conexão entre a beleza interior e a serenidade que ela pode proporcionar, algo que Antonella expressa de maneira única em seu livro.

Boa leitura!

L'Ondoso Mare dell'Anima

O Agitado Mar da Alma

A mia madre, donna senza tempo, essenza di un profumo che sa di tepore. Linfa di sensibilità e sentimento di cui mi nutro, abbraccio e battito che intreccia i nostri cuori.

À minha mãe, mulher sem tempo, essência de um perfume que exalar calor. Seiva de sensibilidade e sentimento dos quais me nutro, abraço e batimento que entrelaça nossos corações.

L'Isola del Cuore

DESTINAZIONE INFINITO

Sentire il non senso
a un passo dall'armonia
con la paura di me stessa
che cancella un tutto
che sembra fine di un tempo
perfettamente integro.
Ho un cuore che ripara
cocci di sogni
sulle scie dei binari
viaggiano i miei pensieri
che rimodellano i giorni
sgangherati di una vita.
Regalami una tazza di poesia
da sorseggiare
un frammento di tramonto
sciolto nelle ore
di una distesa infinita
di brividi blu mare.
Regalami il tuo tempo
che si ferma in quell'attimo
in cui noi siamo unica cosa
fatta di gentile essenza
condivisione empatica
dal sapore dolce miele.

Sciolgo gli spazi invisibili
del nostro cammino
generando un battito
che sa di verde e ossigeno
a un passo da te
destinazione infinito!

DESTINO INFINITO

Sentir o não sentido
a um passo da harmonia
com o medo de mim mesma
que apaga um tudo
que parece o fim de um tempo
perfeitamente íntegro.
Tenho um coração que conserta
cacos de sonhos
nas trilhas dos trilhos
viajam meus pensamentos
que remodelam os dias
desajeitados de uma vida.
Presenteie-me com uma xícara de poesia
para saborear
um fragmento de pôr do sol
derretido nas horas
de uma extensão infinita
de arrepios azul-mar.
Presenteie-me com o teu tempo
que se detém naquele momento
em que nós somos uma única coisa
feita de uma gentil essência
compartilhando empaticamente
com sabor doce como mel.

Desfaço os espaços invisíveis
do nosso caminho
gerando uma batida
que cheira a verde e oxigênio
a um passo de ti destino infinito!

FAVOLA DA NON RACCONTARE

Noi
suono sul silenzio
abitiamo lo spazio
del vivido pensiero
in cui il mio momento
è complice del tuo.
Mi sovvien quel luogo
dove annegano le ore
sull'infinito universo
con il tempo che scorre
e voglia di fuggire
non ha più.
Nel bisogno ancestrale
della quiete profonda
sovente siamo piume
che intrecciano ali
su archi di cielo
e solchi di emozioni.
Noi
nell'incanto di quel volo
siamo unica orbita
che scioglie astri di luce…
Siamo dolci echi di favola
da non raccontare.

FAVOLA DA NON RACCONTARE

Nós
som sobre o silêncio
habitamos o espaço
do pensamento vivido
onde o meu momento
é cúmplice do teu.
Lembro-me daquele lugar
onde as horas se afogam
no infinito universo
com o tempo que flui
e o desejo de escapar
já não tem mais.
Na necessidade ancestral
da calma profunda
frequentemente somos penas
que entrelaçam asas
sobre arcos de céu
e sulcos de emoções.
Nós,
no encanto desse voo,
somos a única órbita
que desfaz astros de luz...
Somos suaves ecos de fábula
para não contar.

NUDA ESSENZA

Volano sulla mia pelle
farfalle di acqua e neve
sciogliendo in bocca
un pezzo di cielo e nuvole.
Immagini pensieri e battiti
viaggiano lievi e si propagano
sull'eco della sorgente pura
che ascende il vivo suono
della tua voce e aroma.
Sfiora il calore del mio cuore
incastrami ali d'incanto e
nell'intimità accarezzami
dissolvendo il mio fuggir.
Nelle tue mani io mi poso
e sono afflato di un impulso
il refolo di nuda essenza
in un mondo che si arresta
senza termine di tempo
sul respiro di un amore.

ESSÊNCIA NUA

Voam sobre minha pele
borboletas de água e neve
derretendo na boca
um pedaço de céu e nuvens.
Imagens, pensamentos e batimentos
viajam leves e se propagam
no eco da fonte pura
que eleva o som vivo
da tua voz e aroma.
Acaricia o calor do meu coração,
encaixa-me asas encantadas e,
na intimidade, acaricia-me,
dissolvendo minha fuga.
Em tuas mãos, eu repouso,
e sou respiração de um impulso,
o sopro da essência nua
em um mundo que se detém
sem fim de tempo
na respiração de um amor.

PASSIONE

Dipingimi il pensiero
di spuma bianca di mare
la pelle questa notte
è un tappeto di luce e stelle.
Vestimi di brividi di vento
che non spegne fiamma
e sciogli l'ebano sui capelli miei
come pioggia di mora nera.
Profumo di petali color vermiglio
in un giardino di velluto e rose
dolce di zucchero il sorriso di sguardi
dialogo eterno di baci rosso cuore.

PAIXÃO

Pinta-me o pensamento
com espuma branca do mar
a pele, esta noite
é um tapete de luz e estrelas.
Veste-me de arrepios de vento
que não apaga a chama
e desfaz o ébano nos meus cabelos
como chuva de amora negra.
Perfume de pétalas cor vermelho
em um jardim de veludo e rosas
doce como açúcar, o sorriso dos olhares
diálogo eterno de beijos vermelho coração.

TANGO SUBLIME

Voglio danzare
la melodia
dei tuoi occhi
le parole che non dici,
ma che suonano dentro.
Voglio danzare
ciò che sussurrano
i nostri corpi
quello che mi spinge
verso te in quel giro
lento, lento e morbido,
veloce e telepatico,
veloce… lento.
Voglio quella danza,
sapore di un abbraccio
di un bacio mai dato,
ma sentito sulla pelle
accento di un'intimità
così malinconica,
passo dopo passo.
Voglio quel tango
che sa di te e di me
che sa di noi
sublimazione di un sogno

che costantemente
volevamo e mai posseduto
smarrito nel vezzo di un gesto
di una musica lontana
che viaggia e graffia ancora i ricordi.

TANGO SUBLIME

Quero dançar
a melodia
dos teus olhos
as palavras que não dizes,
mas ressoam dentro.
Quero dançar
o que sussurram
nossos corpos
o que me impulsiona
em direção a ti nesse movimento
lento, lento e suave,
rápido e telepático,
rápido... lento.
Quero aquela dança,
sabor de um abraço
de um beijo nunca dado,
mas sentido na pele,
um toque de uma intimidade
tão melancólica,
passo a passo.
Quero esse tango
que tem o gosto de ti e de mim
que tem o gosto de nós
sublimação de um sonho

que constantemente
quisemos e nunca possuímos
perdido na graça de um gesto
de uma música distante
que viaja e arranha ainda as memórias.

Petali di Emozioni

DILETTA LUNA

Luna, mia diletta
tu che porti
nelle tue vaste pianure
l'idillio del poeta.
Tra le cime degli alberi
un mite chiarore
mentre sul colle
il vento irrompe.
Nel volto del cielo
le Pleiadi, ninfe celesti,
soffiano delicati
ricami di silenzio.
Scalare si vorrebbe
ogni altura
per raggiungere
desideri notturni
fiori che tu coltivi
nella pioggia di stelle.

LUNA DILETTA

Luna, minha querida,
tu que carregas
em tuas vastas planícies
o idílio do poeta.
Entre os cumes das árvores,
uma suave luminosidade,
enquanto sobre a colina
o vento irrompe.
No rosto do céu,
as Pleiades, ninfas celestiais,
sopram delicados
bordados de silêncio.
Gostaria de escalar
cada altura
para alcançar
desejos noturnos,
flores que tu cultivas
na chuva de estrelas.

FIOR DI LOTO

Ho gli occhi colmi di luce
come fossero petali di loto
mai saturi di innocente purezza.
Ad ogni nuova alba io rinasco
Ninfa tra le ninfee e meraviglia.
Il cielo si tinge di armonico canto
e il mio sorriso deliziosamente fiorisce
boccioli di gioia e perle d'amore.

LÓTUS EM FLOR

Tenho os olhos cheios de luz
como se fossem pétalas de lótus,
nunca saturadas de inocente pureza.
A cada nova alvorada, eu renasço
ninfa entre as ninfas e maravilha.
O céu se tinge de um canto harmônico
e meu sorriso floresce deliciosamente
em botões de alegria e pérolas de amor.

GOCCE DI NUVOLE

Conservo pensieri dipinti
con gocce di nuvole.
Ogni tanto,
complici,
mi bagnano…
Volo in alto leggera
tracciando orbite
con trame di favole.

GOTAS DE NUVENS

Guardo pensamentos pintados
com gotas de nuvens.
De vez em quando,
cúmplices,
me molham…
Voo alto, leve,
traçando órbitas
com tramas de uma fábulas.

IL GIARDINO DEL GLICINE

Nel cerchio di luce e riflesso
si adagia il soave profumo
che inebria e delizia l'aria
mentre la lunga attesa
lamenta inquietudine
sperando in un ritorno.
Sui grappoli pendono
veli di pensieri a ciocche
tinti di lilla e verde che
malinconici coprono
la fine di un april fugace.
Rimango in piedi ferma
sopra vasti tappeti d'erba
calda di intimo tramonto
gocciolante di sospiri.
In questo dolce momento
un cuore traboccante di petali
accarezza di sguardi il cielo.
Sotto questo bel glicine
che ci fiorisce in bocca
i nostri baci dall'aroma
di fresca rugiada e menta
sigillano i fitti segreti
dei sorrisi dolci e amari.

O JARDIM DO GLICÍNIA

No círculo de luz e reflexo
repousa o suave perfume
que embriaga e encanta o ar,
enquanto a longa espera
lamenta inquietação,
aguardando um retorno.
Nos cachos pendem
véus de pensamentos em fios
tingidos de lilás e verde que
melancolicamente cobrem
o fim de um abril fugaz.
Permaneço de pé, imóvel,
sobre vastos tapetes de grama
aquecida pelo crepúsculo íntimo,
gotejando suspiros.
Neste doce momento,
um coração transbordante de pétalas
afaga o céu com olhares.
Sob este belo glicínia
que floresce em nossas bocas,
nossos beijos com aroma
de fresco orvalho e menta
selam os densos segredos
de sorrisos doces e amargos.

IL MIO VERDE ARABESCATO

Se dovessi definire
questa ariosa emozione
sarebbe un verde arabescato
con la voce del vento
che mi sussurra
nei pori della pelle
un cielo dipinto
sopra le porte dell'infinito.
E se potessi insinuarmi
tra le braccia protese dei rami
sarei il soffio d'aria che canta
sul fruscio delle foglie.
Piano mi vestirò di sguardo
che mi scivolerà tra le dita
come pioggia di petali
di eternità.

O MEU ARABESCO VERDE

Se eu tivesse que definir
esta leve emoção
seria um verde arabesco
com a voz do vento
que sussurra para mim
nos poros da pele
um céu pintado
sobre as portas do infinito.
E se eu pudesse me infiltrar
entre os braços estendidos dos galhos
seria a brisa que canta
no sussurro das folhas.
Suavemente, vou me vestir com olhares
que escorregarão entre os dedos
como chuva de pétalas
de eternidade.

Sentimenti di Vita

LIBRI APERTI ALLA VITA

Siamo pagine scritte
e libri da sfogliare
pagine ancora bianche
con brividi futuri.
Siamo un archivio di nostalgie
di cammini del ricordo
di vaghi ritorni ai nostri ieri
e tanti giovani domani.
Noi intime letture di sguardi
che sfiorano il momento
liberi nei voli dei racconti
bui nei percorsi introspettivi.
Siamo lettere d'amore mai spedite
con la nostra lunga storia
che brucia immagini e suoni.
Siamo la voglia di nuovi giorni
enciclopedie di conoscenze
e libri aperti al variopinto
spettacolo della vita.

LIVROS ABERTOS PARA A VIDA

Somos páginas escritas
e livros para folhear
páginas ainda em branco
com arrepios de futuros.
Somos um arquivo de nostalgias
de caminhos da memória
de retornos vagos aos nossos ontens
e muitos amanhãs jovens.
Nós somos leituras íntimas de olhares
que tocam o momento
livres nos voos das histórias
sombrios nos caminhos introspectivos.
Somos cartas de amor nunca enviadas
com a nossa longa história
que queima imagens e sons.
Somos o desejo de novos dias
enciclopédias de conhecimento
e livros abertos para o variado
espetáculo da vida.

NAUFRAGHI

Siamo naufraghi
di una stessa terra
che brama d'amore,
ma che continua
a sciogliersi
sui respiri del mare.
Siamo naufraghi
di questo tempo
fatto di velata
nebbia e sale.
Un mare che
assorbe lacrime
e non annega
barche di cuori
ricolme d'amore.
Sui ricami
di parole le frasi
tessono rotte
che respingono
i lunghi silenzi
delle mute distanze.

NÁUFRAGOS

Somos náufragos
da mesma terra
que anseia por amor,
mas que continua
a desfazer-se
nas respirações do mar.
Somos náufragos
deste tempo
feito de velado
nevoeiro e sal.
Um mar que
absorve lágrimas
e não afunda
barcos de corações
repletos de amor.
Nos bordados
de palavras, as frases
tecem rupturas
que rejeitam
os longos silêncios
das mudas distâncias.

PERCEZIONE

Se sguardo fosse tatto
sarebbe languida carezza
di occhi caldi e vivida luce.
Se tatto fosse sguardo
sarebbe come sfiorare
addentrandosi nei meandri
del sinuoso cosmo interiore.
Sentire si potrebbe con la pelle
la quale annusa l'essenza
immutabile dell'essere.
L'avido palato gioca col piacere
gustando la percezione dell'equilibrio
avanzando sugli stimoli sensoriali
che passano sulle labbra e un sogno.

PERCEZIONE

Se o olhar fosse o tato
seria carícia languida
de olhos calorosos e luz vívida.
Se o tato fosse o olhar
seria como uma caricia
mergulhando nos meandros
do sinuoso cosmos interior.
Sentir se poderia ser com a pele
a qual fareja a essência
imutável do ser.
O paladar ávido brinca com o prazer
saboreando a percepção do equilíbrio
avançando nos estímulos sensoriais
que passam pelos lábios e um sonho.

PICCOLA ISOLA

Come fossi piccola isola
vestita di brividi di vento
e pioggia di sale.
Sono la linea che unisce
cielo e mare
come il bacio che sugella
carne e poesia.
Adagiata sull'amaca morbida
io sogno oceani e tramonti
chiedendo alla notte fonda
di sciogliere l'ebano
sui miei lunghi capelli
lasciando i tanti passi
al nuovo presente
che mi dipinge d'aurora
la pelle di luna.
Timidamente leggo la vita
come quei libri d'amore
cullati dall'onda dei secoli
mentre stringo nelle mani
madreperla e canti di sirene.

PEQUENA ILHA

Como fosse uma pequena ilha
vestida de arrepios de vento
e chuva de sal.
Sou a linha que une
o céu e o mar
como o beijo que sela
carne e poesia.
Deitada na rede macia
eu sonho com oceanos e pores do sol
pedindo à noite profunda
para desfazer o ébano
em meus longos cabelos
deixando os muitos passos
para o novo presente
que me pinta com a aurora
a pele de lua.
Timidamente leio a vida
como aqueles livros de amor
embalados pela onda dos séculos
enquanto seguro nas mãos
madrepérola e cantos de sereias.

RAGGIO DI FILOSOFIA

Appartengo al rapimento
che va oltre gli orizzonti
in perfetto cambiamento.
Sotto astri di luce dorata
l'affidabile pensiero
mi culla sull'onda
della fresca brezza.
La luce carezza mia diviene
scia che tutto illumina
sui brividi di un tramonto
e fa del suo lento posarsi
raggio di filosofia
sopra ogni cosa.

RAIO DE FILOSOFIA

Eu pertenço ao rapto
que ultrapassa os horizontes
em mudança perfeita.
Sob estrelas de luz dourada,
o pensamento confiável
me embala na onda
da brisa fresca.
A luz que me acaricia torna-se
rastro que tudo ilumina
sobre os arrepios de um crepúsculo
e faz do seu lento pousar
um raio de filosofia
sobre todas as coisas.

RINGRAZIAMENTI

Io porto dentro di me un dono prezioso:
       la gratitudine.

Sono grata alla scrittrice **Simona Adivíncula,** donna che porta nel sorriso i raggi del sole.

Lei con tanta gentilezza e amore ha curato la traduzione di questa mia prima silloge di poesia.

Grata alla **famiglia "WE"** e al mio editore **Nicola Bergamaschi**, grande "visionario" che trasforma in realtà ogni sogno dei suoi autori.

Il mio sogno, oggi, incomincia il suo viaggio…

[...] La poesia è il mio pensiero libero, la dimensione dove tuffarsi nell'ondoso mare dell'anima un'elisir dolce di lunga vita un romantico sentimento senza fine.

Sei tocco leggero di parole che scivolano su pagine scritte…

Sembra che le dita abbiano memoria e ti amo da sempre, poesia!

Antonella Monaco

AGRADECIMENTOS

Eu carrego dentro de mim um presente precioso:
a gratidão.

Sou grata à escritora **Simona Adivíncula**, uma mulher que carrega nos sorrisos os raios do sol.

Com muita gentileza e amor, ela cuidou da tradução desta minha primeira coleção de poesias.

Gratidão à **família "WE"** e ao meu editor **Nicola Bergamaschi**, um grande "visionário" que transforma em realidade cada sonho de seus autores.

Meu sonho, hoje, inicia sua jornada...

[...] A poesia é meu pensamento livre, a dimensão onde mergulhar no ondulado mar da alma, um elixir doce de longa vida, um sentimento romântico sem fim.

És um toque suave de palavras que deslizam sobre páginas escritas...

Parece que os dedos têm memória e eu te amo desde sempre, poesia!

Antonella Monaco

L'AUTRICE

ANTONELLA MONACO è nata a Cosenza.

Figlia d'arte di due attori di teatro e cinema, incomincia a respirare l'arte della recitazione sin da bambina, ma la sua passione per la danza la spinge a dedicare tutta la sua vita all'arte tersicorea che la porterà a calcare i palcoscenici dei teatri in Italia e all'estero; partecipa a diverse trasmissioni su emittenti televisive e in **RAI**.

Nel 2006 lascia le scene per dedicarsi alla scrittura poetica vincendo vari premi nazionali e internazionali; nel 2019 le viene conferito il premio di "Eccellenza di Calabria" e il "Premio Isabella Sisca" per le Arti dello Settacolo consegnatole dalla grande Carla Fracci.

A giugno del 2023 a Veroli le viene consegnato il "Premio Internazionale Grandi Artisti Luigi Centra".

Pubblica tre romanzi: "Il Soffio dei Ricordi"(2014), "Il respiro delle Onde" (2016) e nel 2023 **"Danza sulle Dissolvenze del Cuore"** edito da **Edizioni "WE"**.

A AUTORA

ANTONELLA MONACO nasceu em Cosenza.

Filha de dois atores de teatro e cinema, Antonella começou a respirar a arte da atuação desde a infância, mas sua paixão pela dança a levou a dedicar toda a sua vida à arte da dança, levando-a a palcos teatrais na Itália e no exterior. Participou de várias transmissões em emissoras de televisão e na **RAI**.

Em 2006, deixou os palcos para se dedicar à escrita poética, conquistando vários prêmios nacionais e internacionais.

Em 2019, recebeu o prêmio de "Ecellenza di Calabria" e o "Prêmio Isabella Sisca" para as Artes do Espetáculo, entregues por Carla Fracci.

Em junho de 2023, em Veroli, recebeu o "Prêmio Internacional Grandi Artisti Luigi Centra".

Publicou três romances: "Il Soffio dei Ricordi" (2014), "Il respiro delle Onde" (2016) e, em 2023, **Danza sulle Dissolvenze del Cuore"**, editado pela **Editora "WE"**.

L'AUTRICE DELLA PRESENTAZIONE
E TRADUTTRICE

SIMONA ADIVÍNCULA, nasce a Salvador de Bahia, Brasile, naturalizzata italiana vive a Milano con il marito e la figlia.

Scrittrice, romanziera, poetessa, è molto conosciuta ed apprezzata, scrive da 26 anni e ha ben 18 libri pubblicati in diversa lingua.

È membro **dell'Accademia della Cultura** della sua città d'origine.

È membro del **Rotary eClub** of Latinoamerica.

È Presidente dell'Accademia Rotariana d'Arte e Lettere **ARIAL**

È la fondatrice del Gruppo degli **"Escritores Brasileiros na Italia."**

Cofondatrice della **Edizioni WE.**

A AUTORA DA APRESENTAÇÃO
E TRADUTORA

SIMONA ADIVÍNCULA nasceu em Salvador, Bahia, Brasil, e naturalizou-se italiana. Atualmente, reside em Milão com o marido e a filha.

É escritora, romancista e poetisa, sendo bastante reconhecida e apreciada. Escreve há 26 anos e possui 18 livros publicados em diferentes idiomas.

É membro da **Academia da Cultura** de sua cidade natal.

É membro do **Rotary eClub** da Latinoamérica.

Além disso, ocupa a posição de presidente na Academia Rotariana de Arte e Letras **ARIAL**.

É a fundadora do Grupo dos **"Escritores Brasileiros na Itália"**.

Co-fudadora da **Edizioni WE**.